Ye   20390

Y/e   20390

DIVERSES
POESIES

NOVVELLES, DON-
NEES A R. D. P. VAL,
par ses amis.

Reueues corrigees & augmentees
de nouueau.

A ROVEN,

DE L'IMPRIMERIE, DE

Raphael du Petit Val, Libraire & Impri-
meur ordinaire du Roy.
1606.

Auec Priuilege dudit Seigneur.

STANCES I.

Il'*Amour eſt vn Dieu, d'vn Dieu il*
ne ſort rien,
 Qui ne ſoit tout parfait, & n'apporte
 du bien
Touſiours diuin en ſoy, conſtant &
 immuable.
Ne diſons point qu'amour les vns fait conſumer
Les autres fait iouyr, ce ſeroit blaſphemer:
Car l'effet eſt pareil d'vne choſe ſemblable.

 Celuy qui bien aymant en ſon affection,
A ou plus de plaiſir ou moins de paßion,
N'a point l'effet d'amour, il prouient de ſoy-meſme,
Que lon ait dans le cœur plus ou moins de ſoucy,
Qu'on adore vne fille ou vne femme auſſi,
Ce n'eſt rien qu'vn deſir du ſubiet que lon ayme.

 Le feu ne bruſle-point ſans vn nourriſſement,
Le bois demy bruſlé ſe rend plus vehement,
Et celuy qui eſt verd l'empeſche de s'eſprendre,
La femme bruſle tout & d'vn feu deſcouuert,
Et la fille reſſemble à vn bois froid & vert
Qui fait fort peu de feu, & rend beaucoup de cendre.

ꝯ

Tous les commencemens ont bien quelque beauté,
Le fruit nouueau nous plaist, mais il est sans bonté,
Son suc encores verd sans saueur & sans force,
La fille en son amour en est du tout ainsi,
C'est vn fruit nouueau-né, aigre & plein de soucy,
Bref d'vn parfait amour ce n'est rien que l'amorce.

Alors que le Soleil qui fait que nous voyons,
Commence a descouurir en l'air ses beaux rayons,
Humbles nous adorons sa nourriciere flamme,
Et ce pour l'espoir seul d'vn feu plus radieux,
La fille tout ainsi s'elle plaist à nos yeux,
C'est pour le seul respect qu'elle doit estre femme.

Ie voudrois demander lequel est plus parfait,
Ou vn desir d'amour qui languist sans effet,
Ou l'effet du desir que nostre ame souhaite,
L'on me dira l'effet: la fille est le desir,
Mais la femme est l'effet qui donne le plaisir,
La femme en son amour est doncques plus parfaite.

STANCES II.

O Pensers dont Amour nourrit ma passion,
Il faut que desormais ie vous ferme la porte,
Et que ie prenne en fin la resolution,
Qu'aux plus irresolus le desespoir apporte.

Aussi bien s'en est fait mes maux sont en tel point,
Que ie n'espere plus qu'aucun bien leur succede:
Car de trouuer remede aux maux qui n'en ont
      point,
C'est de penser en soy qu'ils n'ont point de remede.

Hé Dieu! pourrois-ie aymer pensant à la rigueur,
Dont on a sans raison, outragé ma constance?

Mais ie ne ſçaurois plus loger dedans mon cœur,
De l'amour tout enſemble & de la ſouuenance:
  De tant d'ingrats effets le dolent ſouuenir
Fait que ſur mon amour la haine a la victoire,
Et comme l'accident qui fait l'amour finir,
Eſt aux autres l'oubly, à moy c'eſt la memoire.
  Las ! ie dy bien ainſi, que du tort qu'on me fait,
Le poignant ſouuenir reblaiſe mon courage :
Mais ie n'ay pas le cœur de venir à l'effet,
Pource qu'encor l'amour eſt plus fort que l'outrage.
  L'outrage me conuie a l'aller hayſſant,
Amour me ramentoit ſes beautez, ſes merites,
Si bien que ie demeure au milieu balançant,
Comme vn morceau de fer entre deux calamites.
  Dieux faites ſi iamais vous ouyſtes mon vœu,
Que la haine ou l'amour ſeule à mon ame ait place,
Si ie la dois aymer, que ie ſois tout de feu,
Si ie la dois hair, que ie ſois tout de glace.
  Mais las ! ie ne ſçaurois hair vne beauté
Si longuement aymee à l'eſgal de moy-meſme,
Ce ſera bien aſſez ſi d'vne extremité,
Ie reuiens au milieu ſans chercher l'autre extreſme.

STANCES III.

EN fin voila que c'eſt ces beautez infidelles,
  Qui font leur point d'honneur, de ſçauoir bien
      changer,
Ces eſprits inconſtans, qui n'ont rien que des aiſles,
Me reprochent leur gloire, & m'appellent leger.
Doux plaiſir de mes yeux, doux tourmens de mon ame,
Dont la bouche & le cœur parlent diuerſement,

Pourquoy me donnez-vous & l'exemple & le blasme,
M'accusant d'vn peché qui vous sert d'ornement?
    Belle qui me seruez d'exemple & de lumiere,
Ce sont vos beaux effets que i'ay deuant les yeux,
Vous auez-bien voulu commencer la premiere,
Si ie vous ay suyui pourrois-ie faire mieux?
    Ce n'est-pas vostre humeur d'estre toufiours attein-
        te,
Ny de mesmes plaisirs, ny de mesmes douleurs,
Vous aymez le changeant & vostre ame en est peinte,
Me voudriez-vous du mal , pour porter vos cou-
        leurs?
    Vous vous estiez de moy pour vn temps destournee,
Et depuis vous auez changé de volonté,
Ie sacrifie aux vents qui vous ont ramenee,
Et dresse des autels à la legereté.
    Tous mes autres desirs, pour vous seule ie quite,
Cela est inconstance, il n'en faut point mentir:
Mais vn si beau peché ie l'appelle merite,
Et m'en vante plustost que de m'en repentir.

STANCES IIII.

CE seroit blasphemer de dire que l'amour
    N'a point d'autres effets, n'a point d'autre se-
        iour,
Que ce que le commun appelle iouyssance,
Et doit estre celuy reprins d'impieté,
D'ignorance argué, vaincu de fausseté,
Quiconque veut d'vn Dieu limiter la puissance.
    Toute ce que Dieu produit est chaste, est bon, & net,

La Deité ne fait rien qui ne soit parfait,
L'imparfait au diuin est chose bien contraire,
En l'homme le iouyr marque imperfection,
Procede de foiblisse & naist de passion,
La iouissance donc à l'amour n'a que faire.
L'Amour estant vray Dieu ne peut iamais mourir
Son feu brusle tousiours sans iamais s'amortir,
Et rauit doucement iusques aux cieux nostre ame:
Au contraire iouyr ne peust oncques durer
Plus long temps qu'vn moment, & ne fait que passer,
Ressemblant à l'esclair au darder de sa flamme.
    Apres auoir iouy nous vient vn repentir,
Qui nous fait mespriser vn si sale plaisir,
En vn Dieu on ne veist iamais de repentance:
Depuis qu'Amour nous a nauré de ses doux
        traits,
Nous nous sentons heureux de sentir ses attraits,
L'amour donc plus parfait est que la iouyssance:
    L'arbre n'ayant son fruit est vert, mais sans bonté
La plante sans sa fleur n'a lustre ny beauté,
En la femme & le fruict & la fleur est perduë,
C'est pourquoy son amour est court & sans arrest,
N'ayant rien que ce poinct, que ce iouyr qui plaist,
Qui s'enuole aussi tost que l'esclair de la veuë.

STANCES V.

Faut-il vous dire adieu delices de mon ame?
    Il faut donc que ie meure & qu'auecques ma flam-
    me,
De mes iours plus luysans ie perde la clarté,
Si ie vis que ce soit seulement pour me plaindre,
Et monstrer qu'en viuant on ne me peut contraindre,

                        A iiij

Pour ne voir ce que i'aime a voir d'autre beauté.

Priué de ses beaux yeux d'vn desir volontaire,
Ie vay dedans l'effroy d'vn desert solitaire,
Le reste de mes ans pour iamais enfermer,
Ie ne veux qu'en vn lieu perdre mon esperance,
Et sentant mon humeur suiette à l'inconstance,
Ie ne veux plus rien voir afin de rien n'aymer.

Ie sçay que mon amour est outre ma puissance,
Pour auoir trop osé de mon outrecuidance,
Ie porte le salaire & la punition,
Bien-heureux si les Dieux m'eussent fait impassibles,
Ou qu'ils eussent pour eux reserué l'impossible,
A ce que ie pouuois bornant ma passion.

Lors que d'vn si beau feu i'eus mon ame eschauffee,
Quand d'vn si grand vainqueur ie me vy le trophee,
Pour luy ie desiray d'vn cœur ambitieux
Ma fortune plus haute, afin que ie ne fisse
A de si grands autels si petit sacrifice,
Qui ne doyuent fumer que de l'encens des Dieux.

Mais ie ne sçeu dompter ce desir temeraire,
Il falloit que bruslé d'vne flamme si claire,
Ie fisse voir ma cendre à la posterité,
Les Dieux ayant voulu que les ames hardies,
Fussent à l'aduenir par mon feu refroidies,
De vouloir aspirer à la diuinité.

Beauté qui de cent traits ma poitrine as percee,
Et de mille douleurs mon ame trauersee,
De peur de t'offencer ie ne me plaindray pas,
Tu n'orras mes souspirs, ny ne verras mes lar-
        mes,
Ie veux qu'estant frappé par de si belles armes,
Plustost que ma blesseure on sçache mon trespas.

STANCES VI.

ADieu toutes beautez, qui m'auez detenu,
Apres vn long erreur ie me suis recognu,
Ie pensois qu'icy bas rien ne fust plus aimable,
Mais vn nouueau Soleil m'offre tant de clarté,
Qu'on ne peut s'ebahir de ma legereté,
Qui va de mieux en mieux fait vn change loüable.

Beau Soleil sans arrest, arrestez donc le cours,
Et limitez la fin de toutes mes amours,
Ie ne pourray de vous iamais plus me distraire:
Car quant sans rien donner à mon affection,
I'iroy non par amour, mais par eslection,
Ie ne pourrois trouuer vne flamme plus claire.

Susanne mon erreur, ma creance & ma loy,
Mere de mes soucis, le temple de ma foy,
Si vous auez rompu ma prison ordinaire,
Desrobant mon seruice à toute autre beauté,
Pour payer l'interest de ma fidelité,
Faut-il pas qu'en faueurs vous doubliez mon salaire?

Mais vn si bel amour des faueurs n'attend pas,
S'il se peut ie vous pri' paissez moy de trespas,
N'attendez que par là mon amitié finisse,
Ie sçay que vos desdains ma foy n'esbranleront,
Mais mille aussi pour moy de vous se baniront,
Voyant ainsi traiter ceux qui vous font seruice.

STANCES. VII.

NE vous courroucez point si vous aimant, madame,
Ie cherche le moyen d'auoir vostre amitié,

A v

Que puis-ie faire moins bruslé de voſtre flame,
Que de vous requerir d'auoir de moy pitié?

Ie ſçay bien que ie cours vne eſtrange aduanture,
En vous faiſant ſçauoir ce que ie doy celer,
Mais las ! ie ne ſçaurois deſguiſer ma nature,
Iamais le bon amour ne peut diſſimuler.

Ne me reprenez point de trop de hardieſſe,
Amour fait ſon deuoir, & moy ie fay le mien,
Ie ſuis voſtre varlet, vous eſtes ma maiſtreſſe,
Et à l'eſgal de vous le monde ne m'eſt rien.

Peut eſtre que ces vers teſmoins de ma penſee,
Vous donneront ſuiect de vous mocquer de moy:
Mais mon affection hautement eſlancee,
Ne peut eſtre blaſmee en teſmoignant ma foy.

Ie vous veux adorer & bien que ie ne puiſſe
Meriter dignement le gain de voſtre amour,
I'ay tant de volonté de vous faire ſeruice,
Que vous m'en iugerez capable quelque iour.

Ie ne veux deſormais auoir plus de memoire,
Que pour me ſouuenir de vous tant ſeullement,
Ie veux deſdaigner tout, & ne veux faire gloire,
Que de viure & mourir touſiours en vous aimant.

Car puis que vous auez ſur moy ceſte puiſſance,
D'eſchauffer le glaçon qui me geloit le cœur,
I'aime d'eſtre vaincu ayant la cognoiſſance,
Que ie ne puis auoir vn plus digne vainqueur.

CHANSON VIII.

EN fin ceſte beauté m'a la place rendue,
Qu'elle auoit contre moy ſi long temps deffen-
due,

Mes vainqueurs sont vaincus ceux qui m'ont fait la loy
La reçoyuent de moy.

I'honore tant la palme acquise en ceste guerre,
Que si victorieux des deux bouts de la terre,
I'auois mille lauriers de ma gloire tesmoins,
Ie les priserois moins.

Au repos où ie suis tout ce qui me trauaille,
C'est le doute que i'ay qu'vn malheur ne m'assail-
le,
Qui me separe d'elle, & me face lascher,
Vn bien que i'ay si cher.

Il n'est rien ici bas d'eternelle duree,
Vne chose qui plaist n'est iamais asseuree,
L'espine suit la rose, & ceux qui sont contens,
Ne le sont pas long temps.

Desia de toutes pars tout le monde m'esclaire,
Et bien tost les ialoux ennuyez de se taire,
Si les vœux que ie fay n'en destournent l'assaut,
Vont me dire tout haut.

Peuple qui me veux mal & m'imputes à vice,
D'auoir esté payé d'vn fidelle seruice,
Où trouue-tu qu'il faille auoir semé son bien,
Et ne recueillir rien?

Qu'auroy-ie fait aux Dieux pour auoir eu la peine,
D'attacher mon espoir à la poursuyte vaine,
D'vne maistresse ingrate à qui mon amitié,
Ne sceut faire pitié?

Ces vieux contes d'honneur inuisibles chimeres,
Qui naissent aux cerueaux des maris & des me-
res,
Estoyent-ce impressions qui peussent aueugler,
Vn iugement si cler?

Non, non, elle a bien fait & la femme aduisez,

Qui n'a de songes vains sa raison abusee,
Preferant sagement au langage l'effet,
Fera ce qu'elle a fait.

C'est peu d'experience a conduire sa vie,
De mesurer son aise au compas de l'enuie,
Et perdre ce que l'aage a de fleur & de fruit,
Pour euiter vn bruit.

De moy que tout le monde a me nuire s'appreste,
Le ciel à tous ses traits face vn but de ma teste,
Ie me suis resolu d'attendre le trespas,
Et ne la quitter pas.

Plus i'y voy de hazard plus i'y trouue d'amorce,
Où le danger est grand c'est là que ie m'efforce,
En vn suiect aisé moins de peine apportant,
Ie ne brusle pas tant.

Tousiours d'vn beau dessein la gloire auantureuse,
Veut auoir pour hostesse vne ame genereuse,
Et iamais vn guerrier aux combats estonné,
Ne se voit couronné.

Soit la fin de mes iours contrainte ou naturelle,
S'il plaist à mes destins que ie meure pour elle,
Amour en soit loüé, ie ne veux vn tombeau,
Plus heureux ne plus beau.

IMITATION

CEluy qui est frappé d'Amour,
Ny viuant ny mort ne demeure,
De vie à mort il fait retour
Mille fois en vne mesme heure,
Mille souspirs & mille flots
De pensers troublent son repos.

Toutesfois le temps luy reluit

Quelques iours plus doux, & fortune
Souuent vn bon-heur luy conduit:
Mais ceste volage importune
Qui vient & fuit si promptement,
Se rend constante en mon tourment.

   Au front du ciel rien ie ne voy,
Qu'vne guerre à mon heur contraire,
Le destin n'est iamais pour moy,
Tousiours Amour m'est aduersaire,
Et tout mon bien me rauissant
Vn autre il en fait ioüissant,

   Cypris ialouse du plaisir
Que i'aurois, le prend tout pour elle:
Ainsi le temps rompt mon desir,
Et d'vne rigueur eternelle,
Sur moy coniurez font effort,
Le Ciel, Fortune, Amour, le Sort.

STANCES IX.

Qvand vous n'aymiez que moy, i'auois incessam-
      ment
Au plus profond du cœur le traict de vostre image,
Ores que vostre humeur se plaist au changement,
Si ie change d'Amour vous m'ouurez le passage.

   Vous m'auiez tant promis de ne changer iamais,
Maintenant vous changez à vostre preiudice,
Vostre amour m'obligeoit & changeant desormais,
Ie ne suis plus tenu a vous faire seruice.

   Pourtant si ie me plains ne pensez que ie sois,
Fasché d'auoir perdu vostre amitié volage,
Ie me plains seulement de ce que ie vous vois,
Aymer vn sot qui n'a ny beauté ny courage.

Encore s'il auoit quelque merite en foy,
Qui vous euft peu forcer a vous rendre amoureuſe,
Ie l'euſſe trouué bon, car de tout temps ie croy
Que la vertu rauit toute ame genereuſe.

Mais luy c'eſt vn ingrat qui de voſtre priſon,
Meſpriſe effrontement & les fers & les geſnes,
Donc ſi ie ſuis faſché n'ay-ie pas bien raiſon?
Il a tous les plaiſirs, & ie n'ay que les peines.
Or bien puis qu'il vous plaiſt ie le veux eſtimer,
Car ie veux honorer tout ce qui vous honore,
Et ſi c'eſt voſtre humeur encore de m'aymer,
Mon humeur eſt auſſi de vous aymer encore.

CHANSON X.

C'Eſt belle choſe que d'aymer,
Lors que l'on eſt aymé de meſme,
Car en autruy ſe transformer,
C'eſt auoir vn ſecond ſoy-meſme.

Celuy ne merite aucun bien
Qui fait de l'amour vne fable,
Car ſans aymer on ne fait rien,
Qui ſoit gaillard & deſirable.

C'eſt pourquoy l'amour ne s'eſprend,
Qu'à ceux qui ſont de grand courage,
Et ce qu'vn amant entreprend,
Il en ſort à ſon aduantage.
Vn ſeul baiſer eſt plus plaiſant,
Que n'eſt le mal qui nous martire,
Sous l'eſpoir d'eſtre iouyſſant,
Du bien que ſur tout l'on deſire.

Car le trauail des amoureux,
Leur eſt touſiours preſque agreable,

Puis l'eſpoir d'eſtre vn iour heureux,
Rend toute peine ſociable.

De moy ie me ſens dignement,
Payé de ma peine cruelle,
Puis que ie puis heureuſement,
Vous baiſer ma douce rebelle.

O maitreſſe mon cher ſouci,
Permets que ce iour ie t'embraſſe,
Mais las ! rebaiſe moy auſſi,
D'amour & de pareille grace.

Afin dé conſumer nos iours
De ce plaiſir qui nous abonde,
Et que l'on chante nos amours,
Seules, heureuſes en ce monde.

CHANSON XI.

MA Deeſſe mon amour,
Ma mignardiſe, mon ame,
Ie veux ſuyure nuiɛt & iour,
Voſtre beauté qui m'enflame:
 Mon cœur languiſt bien-heureux,
 Dans vos filets amoureux.

Ie ne trouue en mes deſirs,
Rien que vous qui me contente,
Venez donc de cent plaiſirs,
Recompenſer mon attente:
 Mon cœur languiſt, & c.

Meſlons enſemble meſlons
Nos ames en-amourees,
Et l'vn & l'autre cueillons
Mille douceurs enſucrees:
 Mon cœur languiſt, & c.

Afin de mieux embraſer
Le feu qui me met en cendre,
Me refuſant vn baiſer,
Soudain laiſſez le moy prendre:
   Mais mon cœur languiſt, &c.
   Tantoſt douce embraſſez moy,
Tantoſt ſoyez moy rebelle.
Tantoſt doutez de ma foy,
Et puis m'eſtimez fidelle:
   Mon cœur languiſt, &c.
   Tantoſt refuſez moy tout
Iuſques à la moindre choſe,
Puis preſſez d'vn baiſer glout,
Ma bouche à demy deſcloſe:
   Mon cœur languiſt, &c.
   Mais penſez vous quel plaiſir
Entre le ris & les larmes,
De contenter ſon deſir
Des amoureuſes alarmes:
   Mon cœur languiſt, &c.
   Amour ayme beaucoup mieux
Vn doux refus qui contente,
D'eſpoir nos cœurs amoureux
Q'vne victoire preſente:
   Mon cœur languiſt bien-heureux
   Dans vos filets amoureux.

STANCES XII.

REſuay-ie, ou s'il eſt vray que ie vous dis adieu
Belle que i'ayme mieux mille fois que ma vie
Belle que le malheur me rauit par enuie,
Ie ne vous verray plus au partir de ce lieu.

O Dieu quelle rigueur ! ô Dieu quelle pitié
Qu'vne moitié s'en aile & que l'autre demeure,
Apres voſtre depart il faudra que ie meure,
Car ie ne ſcaurois viure abſent de ma clarté:

Auant que departir que ie baiſe vos yeux,
Dont les miens receuoyent leur clarté couſtumiere,
Ie ne vous verray plus , ô plaiſante lumiere,
Qui reluiſez pluſtoſt que les flames des cieux.

Adieu tout mon plaiſir & mon contentement,
Adieu ma gaye humeur qui vous a tant fait rire,
Adieu les doux propos que vous me ſouliez dire,
Adieu tout mon bon-heur ie meurs en vous perdant.

Ainſi diſoy-ie adieu pleurant & gemiſſant,
A celle que ie perds par les gens plains d'enuie,
Dieu vueille qu'à la fin ceux qui me l'ont rauie,
Puiſſent ſentir l'effort de ſon bras puniſſant.

CHANSON XIII.

VOus auez tort la belle,
De me faire languir aymant voſtre beauté,
Tant plus vous cognoiſſez en moy de fermeté,
Plus vous m'eſtes cruelle.

Helas ! faut-il qu'on penſe
Qu'amour cet inhumain triomphe de mon cœur,
M'attachant en vn lieu dont ie n'ay que douleur,
Sans aucune allegeance.

En mon cruel martire
Ce qui me geſne plus, c'eſt d'aymer conſtamment,
Vne ingrate ſans foy qui voit bien mon tourment,
Et ne s'en fait que rire.

C'eſt trop ſeruir de fable,
Les ennuis m'ont attaint iuſqu'à l'extremité,

Mon tourment si longue dure ma captivité,
Qu'il est insupportable,
Plein de iuste colere,
Vous ferez tant qu'en fin lassé de souspirer,
Ie rompray ma prison afin de me tirer
Hors de ceste misere.

CHANSON XIIII.

O D'Amant estrange fortune,
  Mon pauure cœur est depuis peu
Deuenu clochette importune,
Qui tousiours sonne au feu au feu.
  De iour & nuiɛt elle est battuë
D'vn marteau de soucis ardans,
Dont le tintamarre me tuë,
Et m'estourdit tout au dedans.
  Dans le clocher de ma poiɛtrine,
Amour luy mesme la cacha,
Et d'vne belle tresse orine
Au lieu de cordes l'attacha.
  Amour au feu sans cesse y sonne,
On y voit chacun accourir,
Helas ! le secours de personne
Ne peut ma flame secourir:
  Mais vien tost belle, si ton ame
Fust onc attainte de pitié,
Estaindre ce feu qui m'enflame,
D'vn peu d'eau de ton amitié.

CHANSON XV.

Qvand ie voy tes beaux yeux les flambeaux de
    mon ame,
Vn archerot vainqueur de toutes pars m'enflame,
Guidant mes volontez,
Au gré de tes beautez.

    Puis qu' Amour me conduit en si braue entreprise,
Ie veux que dans le ciel mon amour soit assise,
Mon amoureuse ardeur,
Aspire à la grandeur.

    L'amour d'vn petit lieu n'apporte point de gloire,
D'vn lieu bien deffendu plus belle est la victoire,
Puis le contentement,
Dure plus longuement.

    Ie brusle incessamment d'vne loüable enuie,
Et mon affection de l'honneur est suyuie,
Que sert de me prescher,
Pour mes vœux empescher?

    Quand tout le monde ensemble en parleroit, madame,
Ie n'esteindray iamais le brasier qui m'enflame,
Tu me verras tousiours,
Constant en mes amours.

CHANSON XVI.

Amour estant logé dedans mon ame,
    Tout courroucé m'a dit va vistement,
A celle-là qui doucement t'enflamme,
Fay luy sçauoir l'ardeur de ton tourment.

    Ie veux tousiours seruir vostre beauté,
    Puis que les cieux ainsi l'ont arresté.

Mais la raiſon m'a dit que veux-tu faire?
Retire-toy n'aſpire en lieu ſi haut,
Suis mon aduis de bien-toſt te diſtraire,
Si tu ne veux ſentir vn dur aſſaut.

       Ie veux touſiours, &c.

Puis le deſir, le vouloir & l'enuie,
Tenant du tout le party de l'amour,
M'ont commandé pluſtoſt perdre la vie,
Que ie delaiſſe a vous faire l'amour.

       Ie veux touſiours, &c.

Ainſi eſtant du tout à vous, Madame,
En autre part ie ne ſçaurois penſer,
N'y receuoir d'autre idee en mon ame,
Que vos beautez qui me font treſpaſſer.

       Ie veux touſiours, &c.

Ie pourſuiuray & ne deuſſay-ie attendre,
En vous ſeruant que de la cruauté:
Car i'ayme mieux importun l'entreprendre,
Que de n'oſer par trop de laſcheté.

       Si mon deſir s'eſlance en trop haut lieu,
       I'y ſuis contraint par la force d'vn Dieu.

CHANSON. XVII.

D'Oncques faut-il qu'en aymant
     Les beautez d'vne maiſtreſſe,
Mon cœur s'aille conſumant,
Plein d'ennuy & de triſteſſe?

       Faut-il pour eſtre amoureux,
       Que ie ſois ſi mal-heureux.

Elle n'a tant de beautez,
Peintes deſſus ſon viſage,
Comme elle a de cruautez.

Encloses dans le courage.

   Faut-il pour estre,&c.

Mes amiables desirs,
Et ma grande seruitude,
Ne causent pour mes plaisirs
Sinon de l'ingratitude.

   Faut-il pour estre,&c.

Tant plus i'ay de loyauté
En mon amoureuse flame,
Plus ie me voy tourmenté
De la rigueur de Madame.

   Faut-il pour estre,&c.

O gentil Idalien
De ta dure & prompte flesche,
Arreste dans ton lien
Son cœur pour y faire bresche.

   Faut-il pour estre,&c.

CHANSON XVIII.

P Our chasser nos malheurs,
 Pour charmer nos douleurs,
Pour enterrer l'enuie,
Pour dompter nos desirs
En baisers, en plaisirs
Consumons nostre vie.

 Hé! quoy ne sçais-tu pas,
Qu'il nous faudra là bas,
Bien-tost passer la barque?
Tost donc, mon clair soleil,
Que ie baise ton œil,
En despit de la Parque.

 Non i'ayme mieux baiser,

Pour mon mal appaiser,
Cette bouche vermeille,
Ce fosselu menton,
Ce rondelet teton,
Et cette belle oreille.

  Si ie baisois tes yeux,
Ces astres gracieux,
Seuls flambeaux de mon ame,
Helas ! ie bruslerois:
Car soudain ie serois
Remply d'ardante flame.

   Cependant que viuons,
Que le temps nous auons,
Iouyssons à nostre aise,
Des plaisirs amoureux,
Et pour me rendre heureux,
Baise moy & rebaise.

   Passons doncques nos iours
En ioyeuses amours,
Et suyuons l'exemplaire
D'Amour maistre des Dieux,
Et des flambeaux des cieux,
Ne viuons sans rien faire.

   Tost tost approche-toy
Mon cœur, embrasse-moy,
Ca ta leure molette,
Et la mienne pressant
D'vn baiser languissant,
Donne moy ta languette.

   Autant qu'on voit aux prez,
Au Printemps d'aprez
De fleurettes escloses,
Autant de fois viuons,

Mourons & reuiuons,
Par ces lis & ces roses.

Ainsi parmy les bois,
Venus autant de fois
Amortissant sa flame,
Son mignon mignardoit,
Et le baisant rendoit
Esperdument son ame.

I nitons donc mon cœur,
La mere du vainqueur,
Qui brusle ma poictrine,
Y a-il sous les Cieux
Plaisir plus gracieux,
Que celuy de Cyprine?

CHANSON XIX.

Bien que vostre rigueur mon seruice reiette,
Ie n'ayme rien que vous ny ne sçaurois aymer,
Ie despite autre amour qui me sceust enflammer,
Mon cœur est vne roche à toute autre iagette.

La foy qui pour son temple a choisi ma poictrine,
Iamais n'en partira quoy qu'il puisse arriuer,
L'effort du temps vainqueur ne l'en sçauroit priuer
Contre tous les assauts plus ferme elle s'obstine.

Pourquoy doutez vous donc de mon amour fidelle,
Voulez-vous mespriser mes larmes & mes pleurs,
Si vous cognoissiez-bien quelles sont mes douleurs,
Vous vous accuseriez de m'estre si cruelle.

Mais puis que vos desdains rendent ma voix plaintiue,
Et que mon mal vous plaist & mes tristes langueurs,
Ie voy-bien qu'il faudra pour borner mes malheurs,

Et mes loyaux desirs que la mort me captiue.

Et bien quand ie mourray,pour vous auoir seruie,
Voyez ce qu'on dira quand on sçaura ma mort,
Ceste dame cruelle & desdaigneuse à tort,
Fit tant que son amant donna fin à sa vie.

CHANSON XX.

S Ortez ma voix parmy les plaintes,
  Vous mon cœur helas ! souspirez,
Vous mes yeux sans cesse pleurez,
Vos libertez d'amour estaintes.
    Ie ne voy rien qu'obscurité,
    Absent de ma belle clarté.
  Las ! ce qui redouble mes larmes,
C'est que ie suis priué de voir
Celle où i'ay mis tout mon espoir,
Et qui me donne tant d'alarmes.
    Ie ne voy rien, &c.
  Estant au lict, la ialousie
Me vient esueiller en sursaut,
Et crains que Iupiter là haut,
La voyant n'ait l'ame saisie.
    Ie ne voy rien, &c.
  Ie soucy, la peur, & la rage,
Et les pleurs, enfans de l'amour,
Me tyrannisent tour à tour,
Cruels bourreaux de mon ieune aage.
    Ie ne voy rien, &c.
  La douleur, l'ennuy, la tristesse,
La peine iointe auec le dueil,
Ont auoisiné du cercueil
Ma vie confite en destresse.

Ie ne voy rien, &c.
Voila quelle est ma pauure vie,
Or qu'esloigné de vous ie suis,
Ie puis tout & rien ie ne puis,
Et de moy-mesme ie m'ennuye.
Ie ne voy rien, &c.

ELEGIE.

I.

FAut-il qu'incessamment passionné ie traine
Les rigoureux liens de l'amour qui me gesne,
Et que sans esperer de me voir en repos
Ie loge le soucy pour tousiours en mes os,
Que lamentant en vain mon malheur ie souspire,
Sans pouuoir m'alleger en mon cruel martyre?
Faut-il helas! faut-il, qu'auecques tant d'ennuis
Ie passe en mes regrets mes malheureuses nuicts,
Et que sous la clarté que le Soleil nous donne
Ie souffre le tourment qui tousiours me poinçonne,
Sans pouuoir vne fois sous vn meilleur destin
Sentir de tant de maux vne agreable fin,
Sans que madame m'ayme, & qu'vne douce flame
L'esmouuant a pitié attise dans son ame
Vn amoureux brasier, qui par quelques souspirs
S'egalle aux doux effets de mes chastes desirs?
Non, non, il ne faut point qu'en tel espoir ie viue,
Il faut qu'en mon mal-heur ma fortune me suiue,
Pour me tyranniser & loger en mon flanc
Mille traits inhumains qui respandront mon sang,
Afin que dedans moy sa source estant faillie
Se finisse en vn coup mes amours & ma vie.

B

Car i'ay trop entre pris d'aymer en si haut lieu,
Vne beauté diuine appartient à vn Dieu,
Et non à vn mortel, dont la foible pensée
Ne doit s'imaginer vne si belle Idee.
Mais quoy las! faudroit-il qu'vn si diuin portrait
Pour n'y renaistre plus de mon cœur fust distrait?
Et que de feux diuins qui mon ame ont attainte
La douceur pour iamais de mon cœur fust esteinte:
Hà feux qui nourrissez vos flames en l'humeur
Qui m'entretient icy ne partez de mon cœur,
Bruslez-moy, bruslez-moy d'vne ardeur eternelle,
Pour les chastes beautez d'vne dame si belle,
Tant que la pasle mort lors qu'il en sera temps
Par vn iuste destin face finir mes ans,
Et puis quand de ce corps ie laisseray la cendre,
Eschappant de mon sang allez soudain vous rendre
Autour de mon esprit, y allumant tousiours
Les plus heureux brasiers de mes chastes amours.

ELEGIE II.

Dans quelque antre escarté m'iray-ie retirer,
   Dedans quelque forest iray-ie souspirer,
En quel lointain desert assez grand pour ma plainte,
Pleureray-ie le mal dont mon ame est atteinte?
Où pourray-ie fuyr pour eschapper l'erreur
Du tourment importun qui i agite mon cœur?
Tout m'est contraire helas! rien ne m'est fauorable,
Tout coniure mon mal, tout veut que miserable,
Ennuyé, desdaigné, i'esprouue malheureux
La cruelle rigueur de mon sort rigoureux.
Encor si ie pouuois en mon malheur extresme,
Pour tromper mes trauaux pardonner à moy-mesme,

I'aurois contentement, & ne sentirois pas
Sans pouuoir defaillir les accez du trespas,
Car errant vagabond pour trouuer quelque grotte
Où ie destourne vn peu le mal qui me transporte,
Seul ie pense tout seul, en larmes & souspirs
Enuoyer mes ennuys auecques les zephirs.
Mais ie me trompe helas ! car iamais ma maistresse
Grauee dans mon cœur vne heure ne me laisse,
Ell' se tient prez de moy, & par ses doux discours
Elle r'allume au vif l'ardeur de ses amours.
Plus ie pense fuir, plus ie veux solitaire,
M'esloigner pour me plaindre en ma peine ordinaire:
Puis ie suis assailly, & tant plus dessus moy
Se redouble l'aigreur de mon fascheux esmoy,
Les ombreuses forests, & les desertes plaines,
Au lieu de m'alleger multiplient mes peines,
Et lors que dans la mer se trempe le Soleil
La nuict qui doit cacher tout dessous le sommeil,
Me presse dauantage, & assemble la flame
Des tisons eternels qui eschauffent mon ame,
Par son contraire effect, car son obscurité
Fait retirer en moy la plus viue clarté,
Qui se paist de mon sang ainsi sous le silence
Ie sens plus dans mon cœur de mon feu la puissance,
Que lors que le Soleil en reparant les cieux
Nous rend ce que la nuict desroboit à nos yeux.
Mais encor cependant que dessus nostre esphaire,
En conduisant le iour son flambeau nous esclaire,
Ie sens dedans mon sang en mes flames recuit
Les tourmens ennuyeux des peines de la nuict.
Ainsi serf des beaux yeux qui en mon ame luisent,
Tout m'est cause d'ennuy, toutes choses me nuysent
Donc logeant bien souuent iustement despité

Le murmure en la bouche, au cœur l'impieté,
Ie double mon martyre, & d'vne main bourrelle
Ie veux oster la vie à mon ame immortelle:
Et n'estoit que ie crains de blesser la beauté
Cizelee en mon cœur, ie fendrois irrité
Ma poictrine innocente, & en ma derniere heure
I'auancerois le temps ordonné que ie meure:
Puis la peur d'offencer & perdre la douceur
De l'espoir que l'amour m'offre en tant de rigueur
Vient arrester ma main, & veut qu'encor ie viue
Pour seruir la beauté, dont mon ame captiue
Espere son bon-heur attendant que le sort
Me presente mon bien, & que dessous l'effort
Des effets du trespas toute ma peine cesse,
Et que perdant le iour ie perde ma tristesse,
S'il est vray qu'en la mort iouyssant de la paix
Qu'on pense estre là bas, on ne ressent iamais
Les flames de l'amour, mais qui le pourroit croire
Veu qu'esteindre on ne peut de l'amour la memoire.
Hé que feray-ie donc cependant que viuant
Sous les forces d'amour vainement poursuyuant
Vne fortune aueugle, iray-ie loin du monde
Ioindre auec tant de maux vne peine seconde?
Non, car les creux des bois, ny les vastes desers
Ne destournent le soin ny les pensers diuers
Qu'on couue dans le sang, que me faut-il donc faire
Pour me rendre propice vn destin si contraire,
Pour à tant de douleurs trouuer allegement,
Pour destourner l'horreur de mon cruel tourment?
Il ne faut point fuir il ne faut miserable
Cercher des lieux cachez, l'effroy espouuantable,
Il faut chercher les yeux, la beauté les cheueux
Dont les chastes rayons & la force & les nœuds

Ont tiré & contraint, & doucement lassee,
Par feux, attraits, liens, l'œil, le cœur, la pensée.

ELEGIE III.

Mon ame languissoit & d'vne longue haleine,
Par mes tristes souspirs i'allegois en ma peine
Mon eternel regret, & logeoit en mes os,
Les soucis importuns qui m'ostoyent le repos:
Tout m'estoit desplaisant & ma gesne cruelle
Me pressoit sous l'horreur de sa force mortelle,
Tandis que loin de vous ie n'ay eu dans mon cœur,
Que peine, que soucy, que trauail, que mal-heur,
Tout m'estoit desplaissant, & durant mon dommage
Ie ne conuois que peur & perte en mon courage,
Car vne froide crainte espanduë dans moy
Compagne de l'amour redouble mon esmoy,
Et taschant d'arracher l'esperance meilleure
Qui plantee en mon sang garde que ie ne meure,
Las tout m'estoit fascheux, la clarté du Soleil
Nuisoit par vostre absence au cristal de mon œil,
Et des obscures nuicts l'horreur espouuantable
Martyroit encor plus mon esprit miserable,
Les momens m'estoyent ans & en mon triste sort
Ie n'auois deuant moy que l'effroy de la mort:
Et combien que le temps de ma peine fascheuse
N'ait longuement pressé ma vie langoureuse,
Si n'ay-ie pas laissé d'estre cruellement
Trauaillé en mon cœur de mal & de tourment.
Car les mois ny les ans ne sont par la mesure
Des effets de l'esprit qui n'est de leur nature,
Il mesure ses maux, & ses contentemens,
Non par aages tournans, par siecles ou momens,

B iij

Mais selon la douleur de son cruel martyre,
Ou selon la douceur d'vn bon-heur qu'il desire.
Ie veux donc maintenant apres les longs souspirs,
Eattans encore l'air sur l'aisle des Zephirs,
Tirez de mes poulmons tandis qu'en vostre absence
Ie tesmoignois l'effet de mon impatience,
Prendre autant de plaisir que mon cœur a porté
D'ennuis dessous le mal dont estant agité
Sans cesse il se plaignoit, & n'auoir de ma vie
Autre bien, autre espoir, autre soin, autre enuie.

LE MAY.

Maintenant que l'amour renaist heureusement,
Et qu'à ce beau Printemps il commande qu'on plante
D'vn may long & dressé la desirable plante,
Il faut suyure l'arrest de son commandement,

I'ay vn may long & gros & fort esgallement,
Poussant deuers le haut vne verdeur plaisante
Qui frisonne sa cyme en tout temps verdoyante,
Et qui se peut planter assez facilement.

Madame permettez que l'on m'ouure la porte,
Et ie le planteray sur la petite motte
Qui de vostre maison remarque le milieu.

Ie le mettray tout droit dessous vostre croisee,
Où en petits gazons la terre releuee,
Fait l'endroit plus plaisant qui soit en tout le lieu.

Sonnet à vne Dame.

Faites la defdaigneufe, il vous fied bien madame,
Ores que vous auez vn amy arrefté,
Voüez deuant les gens la fainte chafteté,
Tandis que voftre amour en filence fe trame.

Rien ne fe peut celer en l'amoureufe flame,
En ce monde on ne peut cacher la verité
Pour toufiours car en temps le Ciel aim-equité,
Ouure le cabinet le plus fecret de l'ame

Vrayment vous vous trompez de vous feindre cruelle,
Reiettant les foufpirs de mon ame fidelle,
Vainement arreftee autrefois en vos yeux:

Ores ie cognois bien voftre faute & la mienne,
Viuez donc à plaifir, & que chacun fe tienne
Sans feindre ce qu'il eft, ou il trouuera mieux.

SONNET DV DESTIN
à vne-Dame.

Si d'vne iufte loy tout n'eftoit ordonné
Ie vous efgalerois en beauté & prudence,
Et felon mon vouloir tomberoit la cadence
Du deftin incogneu fous lequel ie fuis né.

Rien ne feroit ça bas par degrez terminé,
La volonté mettroit tout hors de differance,
Le ferf s'affranchiroit, & cil qui a puiffance
Seroit apres fes fens toufiours abandonné.
Si l'arreft eternel d'vn fort irreuocable,
Ne forçoit l'aduenir par vn foin aggreable,
Ie pourrois meriter voftre perfection,

Et or i'aurois autant en voftre cœur de place
Que celuy qui fondant de voftre fang la glace,
Y mit d'vn chafte amour la doucé paffion.

CHANSON XXI.

MAistresse, rien ie ne souhaite,
Sinon qu'en ta grace parfaite
Ie sois pour iamais arresté,
Et que ma douce liberté
Demeure sous tes loix suiette.

    I'ay vn mal que ie n'ose dire,
De crainte que i'ay qu'il n'empire :
Car i'apprehende ton courroux,
Voyant venir de tes yeux doux
Mon bien, mon mal, & mon martyre.

    La Sallemandre prend sa vie
Au milieu de la flame, amie,
Du feu qui luy donne aliment,
Mon ame vit semblablement
Au feu d'amour assuiettie.

    Et puis ton odorante aleine,
Qui est d'vn si doux basme pleine,
Qu'elle va mes sens attirant,
Moy qui ne vy qu'en la fleirant,
Où elle veut elle m'ameine.

    Et mon ame est toute esgaree,
Quand elle est de toy separee,
Aussi ne peut mon amitié,
Se loger qu'en toy par pitié,
Rends doncques ma vie asseuree.

CHANSON XXII.

QV'Amour est plein de rage,
Il me brusle le cœur, & me rend langoureux;

Lors qu'il me voit plus fort en peine & en seruage,
Plus il m'est rigoureux.

En ma peine cruelle,
Ie change en vn moment de cent mille couleurs,
Plus ie pense guarir, plus ma playe est mortelle,
Et n'ay recours qu'aux pleurs.

Le ciel, l'air, & la terre
Sont armez contre moy de hayne & de courroux,
Tous les Dieux ont iuré de me faire la guerre,
Pour m'accabler de coups.

Ie deteste ma vie,
N'esprouuant icy bas que peines & douleurs,
Helas ! par trop d'amour mon ame est asseruie
A cent mille malheurs.

Adieu toute liesse,
A dieu cruel amour, adieu fiere beauté,
A dieu, car ie me meurs de l'ennuy qui m'oppresse
Par vostre cruauté.

STANCES XXIII.

MEs chers souspirs, les tesmoins plus fidelles
Des durs effors de mes peines cruelles,
Las ! donnez moy retenant vos accens,
Treue a chanter les douleurs que ie sens.

Permettez moy qu'à ma fiere maistresse,
Ie fasse voir la douleur qui m'oppresse.
Et que mon mal & ma ferme amitié,
Puissent planter dans son cœur la pitié.

Non, mes souspirs sortez ie vous supplie,
Car aussi bien faudra-il que ma vie
Suyue de prez & finisse son cours,
Pour estre trop fidelle en mes amours,

B

Mais ie veux bien parauant que la Parque
Me face voir l'Acherontide barque,
Que la beauté qui me gesne si fort,
Sçache qu'elle est la cause de ma mort.

Afin au moins que la fiere cruelle,
Voyant le mal qui mourant me bourrelle,
En ait pitié ou du tout s'aigrissant,
Double l'ennuy qui me rend languissant.

Ha! mes souspirs l'amour qui vous affolle,
Priue ma bouche à tous coups de parole,
Rompant ma voix & cruel ne veut pas,
Que ie luy fasse entendre mon trespas.

STANCES XXIIII.

BEauté qui ne viuez, que du trespas d'autruy,
Et faites que chacun à la mort se dispose,
Ie veux puis qu'il vous plaist mourir en mon ennuy
C'est viure que mourir pour vne belle chose.

Sans attendre secours, ie feray beaucoup mieux
D'offrir à vos autels ma vie en sacrifice:
Car il viura tousiours qui mourra par vos yeux
Et mourra sans loyer qui vous fera seruice.

Mais ie voy que ma fin de rien ne seruiroit,
Et que plustost ie doy tant de flames estaindre,
Se mocquant de ma mort seullement on diroit,
Que ie voulois monter ou l'on ne peut attaindre.

Puis ie suis d'vne humeur que quand on me reduit
A ne rien esperer, ie veux bien que lon pense,
Que ie n'ayme les fleurs que pour l'amour du fruit
Et qu'on m'oste l'amour m'ostant la recompense.

Qui s'engage en vos raiz, il s'engage en sa mort
Et persenne sans fruit ne veut perdre sa vie,

Vous deuez, ou donner aux amans reconfort,
Ou des immortels seuls tousiours estre seruie.
    Aussi bien de vostre œil vous pourrez captiuer
Les Dieux les plus puissans & plus remplis de
        gloire:
Mais sans aimer trop haut ie desire trouuer
Mes lauriers asseurez en petite victoire.

CHANSON XXV.

Maistresse si ton ame
    Se sent ore allumer,
De ceste douce flame
Qui me force d'aimer.
    Monstre toy gracieuse,
    En ma flame amoureuse.
    Auant que la iournee
De nostre aage qui fuit,
Se trouue enuironnee
Des ombres de la nuict.
    Monstre toy, &c.
    Toutes les ombres saintes
Maistresses de làbas,
Ne demenent qu'en faintes
Les amoureux esbats.
    Monstre toy, &c.
    Mais laschement couchees
Sous les mytres passez.
Elles pleurent faschees,
Leurs beaux iours mal-passez.
    Monstre toy, &c.
    Baison donc à nostre aise,
Durant ton iour si beau.

Puis que plus on ne baise
Là bas sous le tombeau.
   Monstre toy, &c.
   Cà finette affinee,
Cà trompons le destin,
Qui clost nostre iournee
Souuent dés le matin.
   Monstre toy gracieuse,
   En ma flame amoureuse.

STANCES XXVI.

BEautez, *qui pour iamais m'auez l'ame eschauf-*
   fee,
Qui voyez mes tourmens & ne les plaignez pas,
Puis que vos doux attraits m'auoyent fait leur tro-
   phee,
Vous ne deuiez si tost m'enuoyer au trespas.
   Mon amour & ma fin
   Ont eu mesme destin.
Lors que ie m'approchay de si belle lumiere,
Et que pressé d'amour ie deuins langoureux,
Ie ne pensois iamais vous cognoistre si fiere:
Car vostre œil est trop beau pour estre rigoureux.
   Mon amour, &c.
   Las! clemence tousiours doit suyure la victoire,
Ne mal traitez mon cœur de long-temps esprouué,
Si m'auoir abatu vous est beaucoup de gloire,
Vous en auriez bien plus de m'auoir releué.
   Mon amour, &c.
   Si i'ay pour quelques iours apres vne esperance,
Couru deçà delà poursuyui de malheur,
Estoit-ce occasion d'oublier ma constance?

Et me rendre à iamais vn suiect de douleur.

   Mon amour, &c.

Non, non, vous auec tort vne dame aduisee,
Ne doit pas pour si peu changer de volonté,
Ou bien c'est faire voir qu'elle est fort abusee,
Et qu'elle n'ayme rien que la legereté.

   Mon amour, &c.

Desia le bruit en court parmy le populaire,
Qui dit que vous m'auez du tout abandonné.
O Dieu quel creue-cœur! est-ce là le salaire?
Mon amour meritoit d'estre mieux guerdonné.

   Mon amour, &c.

STANCES XXVII.

Beautez, viuans portraits de la diuinité,
  Puis qu' Amour prend de vous sa naissance & son
   estre,
N'imitez pas Medee en inhumanité,
Ne faites pas mourir ce que vous faites naistre.

  C'est par vostre peché, doux tourmens de nos cœurs,
Que iamais les amours ne sortent hors d'enfance,
Car vous les estouffez, auecque vos rigueurs
Aussi tost que vos yeux leur ont donné naissance.

  Si est-ce que l'Amour estant mort de tout point,
Vous verrez de beaucoup vostre gloire amoin-
   drie:
Car la beauté seroit, si l'amour n'estoit point,
Comme ces petits saints que personne ne prie.

  Que doncques ce courage au meurtre accoustumé,
Ou que ce beau visage à l'aduenir se change:
Car l'ame d'vn lion ou d'vn tigre affamé
Ne se doit point cacher sous vn visage d'Ange.

STANCES XXVIII.

NOn, non, ie ne croy point qu'on meure de tristes-
se:
I'auroy desia passé l'Acherontide bord,
Ou bien si l'on en meurt c'est l'ennuy qui m'oppresse
Qui me suit à la tombe & suruit à ma mort.

Las on voit bien mes pleurs : & la dolente course
De ces fleuues larmeux preuue assez mon tour-
ment:
Mais non plus que du Nil on n'en sçait point la source,
Ny quel est le motif de leur debordement.

O douloureux trauaux que nul espoir ne flate!
O miserable cœur mal traité sans raison!
Las ie me puis bien dire vn second Mitridate:
Ie me pais de douleurs comme luy de poison.

Ie ne sens nul plaisir qu'à me donner en proye
Au cruel desespoir qui me va deuorant:
Mon œil enflé de pleurs incessamment larmoye,
Et ne puis respirer sinon qu'en souspirant.

La fureur de mon mal tellement me possede,
Que qui veut par raison consoler mes douleurs,
Console vne ame sourde, & sans aucun remede
Perd en vain ses propos comme ie fay mes pleurs.

Las! aussi n'y a-il que les douleurs legeres
Qui puissent escouter la voix de la raison.
La maladie est foible & ne tourmente gueres
A qui le seul parler peut donner guarison.

Comme il n'est si douce eau par les fleuues versee,
Qui ne deuienne amere entrant dedans la mer,
Ainsi le reconfort n'entre dans ma pensee,
Que soudain ne se voye en douleurs transformer,

Dieux! comment puis-ie viure entre tant d'amertu-
    mes,
Tant d'aiguillons poignans, d'angoiſſe & de ſoucy.
Si c'eſt que ma douleur s'eſt tournee en couſtume,
Que n'eſt à l'endurer mon courage endurcy?

    Mais ie croy qu'il n'y a trempe d'accouſtumance
Qui ſe peut endurcir contre tant de malheur.
Quand mon cœur ſeroit fait d'vn acier de conſtan-
    ce,
Encor le fauſſeroy-ie ce glaiue de douleur.

    Parque ſans iugement, pourquoy vas-tu deſſaire
Tant de gens-bien-heureux au plus beau de leurs iours,
Et me laiſſes languir en ceſte vie amere,
Moy qui deſeſperé t'appelle à mon ſecours?

    O mort tu es coüarde & n'as point de courage:
Tu n'aſſauts que celuy qui fuit deuant tes traits.
Lors que quelqu'vn t'appelle, en luy tournant
    viſage
Tu le fuis laſchement ainſi que tu me fais.

    Mais ce que ta rigueur va niant à ma vie
Bien toſt ie l'obtiendray de mes propres malheurs.
Mes ennuis me tueront, & malgré ton enuie
Le tourment que ie ſens finira mes douleurs.

STANCES XXIX.

O Beaux yeux qui ſçauez ſi doucement char-
    mer,
Qu'il faut viure aueuglé ou mourir en ſeruage:
O beaux yeux qui m'auez appris à bien aimer,
Que vous m'en faites bien payer l'apprentiſſage.
    O beaux yeux ie ne voy ny ne vy que par vous:
Ie ſuis vn corps ſans ame abſent de voſtre veue:

Mais dés que ie les voy si rians & si doux
Amour pour s'y tenir en ame se transmue.
O beaux yeux qui pleuuez des flambes & des traits
Rien ne trompe vos coups l'atteinte en est fatale,
Vous blessez aussi bien de loin comme de pres,
Et vostre doux regard est le dard de Cephale.
  O beaux yeux dont les rays donnent iour à mes
      iours,
Vous n'estes point des yeux comme le monde pense:
Mais vous estes des cieux influans des amours:
Aussi amour luy-mesme est vostre intelligence.
 O beaux yeux que ie crains en aimant d'offencer,
Si ie pouuoy redire auecque les paroles,
Ce que m'enseigne l'ame auecque le penser,
Vous auriez des autels, des feux & des idoles.
  O beaux yeux ie vous offre ainsi qu'on fait aux
      Dieux,
Mon ame en sacrifice ardamment allumee.
L'offrande est bien petite : helas! mais ô beaux yeux
La faute en est à vous qui l'auez consumee.

CHANSON XXX.

O Beau violet qui commence
  Le Printemps & ses douces fleurs,
Ton nom porte la violence
De mes amoureuses douleurs.
  Si rien de violent ne dure,
Que ne prend mon mal quelque fin?
Las! la fin est pour la nature,
Et mon amour est tout diuin.
Celle pour qui i'ay tant d'alarmes,
Pour qui ie cours tant dehazars,

Monstre bien qu'ell' aime les armes,
Aymant les fleurettes de Mars.
   Mars est d'amoureuse nature,
Aymant l'amoureuse couleur
Mais vous la portez en parure,
Ne la pouuant porter au cœur.
   L'Amour & la foudre son flames
De l'ardante fureur des cieux,
Qui violentes à nos ames
Sont violettes à nos yeux.
   La flesche d'Amour incognuë,
Blesse nos ames dans nos corps,
Tout ainsi que la foudre tue
Sans nous blesser par le dehors:
   O beau violet que i'adore,
Tesmoin de mon ardant desir,
Tu tesmoignes bien mieux encore
L'amour dont tu me fais mourir.

STANCES. XXXI.

NE vous offencez point belle ame de mon cœur
   De ce qu'en vous aymant i'ose plus qu'il ne
     faut,
C'est bien trop haut voler : mais estant tout en flame
Ce n'est rien de nouueau si ie m'esleue en haut.
   Comme l'on voit qu'au ciel le feu tend & s'eslance,
Au ciel de vos beautez ie tens pareillement :
Mais luy c'est par nature & moy par cognoissance,
Luy par necessité, moy volontairement.
   L'homme est bien malheureux dont l'amour indiscret-
     te,
Ailleurs que dans vos mains va son ame enfermer:

C'eſt ou n'auoir point d'yeux pour vous voir ſi par-
　　faîte,
Ou n'auoir point de cœur pour vous oſer aymer.
　　Dieu ne vous a fait ndiſtre, ô bel œil qui m'anime
Que pour auoir des cœurs l'empire & royauté.
Qui ne ſuit point vos loix eſt coulpable de crime
De leze maieſté d'amour & de beauté.
　　Quand à moy ie ne puis, ma flame eſt trop diuine,
Rien aymer ne ſeruir s'il n'eſt eſgal aux Dieux:
Ie veux qu'vn bel oſer honore ma ruine,
Et s'il me faut tomber ie veux tomber des cieux.
I'ayme qu'à mes deſſeins la fortune s'oppoſe.
Vn bien acquis ſans peine eſt de peu deplaiſir.
Pouuoir facilement obtenir quelque choſe
M'eſt aſſez de ſuiet d'en oſter mon deſir.

STANCES XXXII.

QV'on ne m'accuſe point d'aller idolatrant
　　Ces beaux yeux dont le trait en mon cœur pene-
　　　trant,
D'vne ſi douce attainte a mon ame meurtrie:
Car eſtant leurs rayons pleins de diuinité,
Ne les adorer point c'eſt plus d'impieté,
Que de les adorer ce n'eſt d'idolatrie.
　　Hé! qui n'adoreroit és traits de ces beaux yeux
L'eternelle beauté que reuerent les cieux,
Et qui de ce grand Tout anime la fabrique:
Dont ils ſont auſſi bien les images viuans
Qu'és grands marbres d'Egypte en pointes s'eſleuans
La figure d'vn œil eſt l'hieroglyphique?
　　Tous les ſecrets qu'Amour enſeigne à nos eſprits
Sont en lettres de feu dedans ces yeux eſcrits;

Par qui ie vole au ciel ſur des aiſles de flame.
Sans eux tous beaux penſers au monde ſeroyent
morts,
L'ame eſt vn feu diuin qui donne vie au corps,
Et leurs rayons vn feu qui donne vie à l'ame.

Auſſi ſont-ce les yeux qu'Amour ſouloit porter,
Et qu'au front de madame il ſçeuſt luy-meſme
enter,
Quand les preſens des cieux la rendirent ſi belle :
Car il eut tant d'eſpoir qu'auecque leur vertu,
Elle iroit releuant ſon empire abbatu,
Que pour regner par elle, il s'aueugla pour elle.

Rien ne deffend vne ame encontre les attraits :
La victoire eſt certaine au moindre de leurs
traits,
Fuſt-ce au plus grand des Dieux qu'ils menaſſent la
guerre,
La liberté s'enfuit de deuant leurs regards :
Et croy que ſi par tout ils eſlançoyent leurs dards,
Ils l'iroyent à la fin bauiſſant de la terre.

Mais les communs ſuiects leur eſtant à meſpris,
Ils n'en daignent bleſſer que les diuins eſprits,
Ny bruſler de leurs feux que les ames royales :
Reſſemblans au Soleil, c'eſt l'œil de l'vniuers
Qui ne daigne allumer de tant d'obiets diuers,
Que le lict du Phœnix ou le feu des Veſtales
Et c'eſt enquoy mon cœur ſe trouue autant heureux
Qu'indigne de ſe voir mis en cendre par eux.

Et pourquoy tant de gloire à la mort l'accompagne,
Comme vn humble buyſſon ſe tiendroit honoré
Si de ce feu-là meſme il eſtoit deuoré,
Qui ne briſe le chef qu'aux grans pins de montagne.

C'eſt peut-eſtre folie aux vœux de mon penſer,

D'oſer à leurs beautez mon amour adreſſer
Eſleuant mon deſir vers vn bien impoßible.
Mais ma folie eſt belle, & i'ayme beaucoup mieux
Me monſtrer ſans raiſon, que ſans cœur & ſans yeux,
Et pluſtoſt eſtre dit mal ſage qu'inſenſible.

    Que ce m'euſt eſté d'heur ſi leurs feux allumez
Euſſent de mon eſprit les defauts conſumez,
Purifians le temple où leur image habite,
Et ſi lors que mon cœur oſa ſi bien choiſir,
Le ciel qui me donna l'audace du deſir,
M'euſt donné quand & quand la grace du merite.

    Las! ie ne ſerois point maintenant tourmenté
Du ſecret ſentiment de mon indignité,
Qui fait que mon penſer voit ſa ioye imparfaite,
Dolent que la victoire acquiſe ſur mon cœur,
N'eſt auſſi glorieuſe à cet œil mon vainqueur,
Qu'eſt à moy ſon vaincu ma perte & ma deffaite.

    Toutesfois ſi iadis les lieux de foudre attaints,
Eſtoyent des anciens reuerez comme ſaints.
Et decorez d'autels fumans de ſacrifices:
Quelle loy me deffend d'aller auſſi croyant
Que ces beaux & doux yeux ont en me foudroyant,
Sanctifié mon cœur de defauts & de vices?

    O parfaite beauté gloire de l'vniuers,
Dont le ciel m'a permis de faire par mes vers
Que iamais le renom ſous le tombeau ne dorme,
C'eſt de vous maintenant que mon affection
Tient pour iamais ſon eſtre & ſa perfection:
Elle eſt voſtre matiere & vous eſtes ſa forme.

    On dit que la matiere appette inceſſamment
D'aller changeant de forme, & par ce changement
Faire qu'à ſon vray bien elle puiſſe eſtre vnie:
Mais que cet appetit ſeroit d'elle bany.

Vne forme parfaite & d'vn estre infiny
Comblant de ses desirs l'estenduë infinie.
  Mon ame estoit de mesme auant qu'auoir ietté
L'œil de son iugement dessus vostre beauté:
Ses desirs la rendoyent errante & vagabonde:
Car ne desirant rien qui ne fust accomply,
Tousiours de quelque mal elle trouuoit remply
Le bien qu'elle estimoit le plus parfait au monde.
  Mais maintenant qu'elle a par la faueur des cieux
Sur vos perfections si bien ouuert les yeux,
Autre obiet n'en peut plus esmouuoir la puissance.
Ma belle eslection me rend ferme & constant,
Asseuré que changer ce me seroit autant
Manquer de iugement que manquer de constance.

F I N.

POVR EMPLIR

CES PAGES A ESTE
MIS CE QVI S'ENSVIT

SVR L'ANAGRAMME DE
Raphaël du Petit Val, & Marte Nainuille.

Vn appetit hardi m'a allié
en la vertu.

Vn appetit froid & timide
Est incontinent abbatu.
L'appetit hardi qui me guide
M'a allié en la vertu.

SVR L'ANAGRAMME DE
Marte Nainuille.

Luire en aymant.

Constant amour semblable
Au plus dur diamant,
Maistresse inuariable,
Vous fait luire en aymant.

AVTREMENT.

Ta main l'enyure.

Mon cœur tousiours te veut suyure
Sans plus reuenir à moy,
Pource que viuant chez toy,
De douceurs ta main l'enyure.

AVTREMENT·

Liure en ta main.

Ton gaillard esprit ne sent rien
De la populace ignorante:
Donq estant gentille & sçauante
Liure en ta main te sied fort bien.

L'ANAGRAMME DE
Raphaël du Petit Val.

Appuié de l'art haut.

Ie ne suis effrayé,
De fortune moleste:
Car ie suis appuyé,
De l'art hault & celeste·

FIN.